夢銀行
好夢糖或惡夢糖

文·圖 aki kondo　譯 劉淑雯

歡迎光臨夢銀行，
這裡是可以買到夢糖果的商店。

而且，還可以將大家的夢做成糖果，讓你買回家。

店主貝貝會將大家的夢取出來，
讓獏獏吃進嘴裡，做成夢糖果。

今天夢銀行陸續
來了許多客人。

「那時候我做了捧腹大笑的夢，
實在是太棒了，醒來還笑著。我還要再買！」
「那真的太好了。謝謝！」

「怎麼了？要買東西嗎？」

「不是，沒關係。抱歉！」

「等一下！我剛做完工作，正準備休息。
要不要一起喝杯茶？」

一邊喝著熱牛奶和吃著餅乾，
小客人開始慢慢的說起話來。

「原來如此，
因為經常做惡夢，讓你害怕得睡不著覺。」
「是的。如果在這裡買了好夢糖，我就不會再害怕睡覺了，
可是我沒有足夠的錢。」

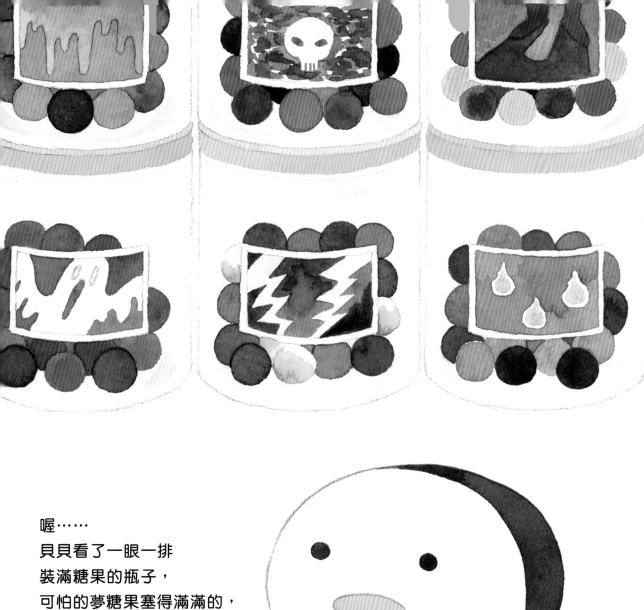

喔……
貝貝看了一眼一排
裝滿糖果的瓶子，
可怕的夢糖果塞得滿滿的，
因為買的人不多。

貝貝也看了一眼貘貘，
貘貘悄悄移開他的視線。

不只是貝貝，連貘貘也不喜歡惡夢和可怕的夢。
貘貘還特別強調，
可怕的夢，吃起來有麻麻刺刺的味道，
如果可以，他並不想吃它。

但是，
貝貝也有過經常做惡夢，
而不想去睡覺的經驗。

嗯，不過……
正陷入苦思的時候，
貝貝突然想起爺爺曾經說過的話。

如果你浮現好的想法，
那就去做做看吧。
因為「想法」這件事，
本身就像一件禮物了。

「那麼……就把你的惡夢做成糖果。
然後，交換你想要的夢糖果。」

於是，貝貝和貘貘跟著小客人一起到他的家裡。

「今天做了可怕的夢也不用害怕，我們會在這裡陪著你。」

啊……

有個夢出現了。
貝貝和貘貘臉上掛著
悶悶不樂的表情，
往夢裡看。

「哇！這個、還有這個。
看起來都是很有趣的夢。」

正當貘貘一個接著一個的吃下好夢時，
出現了漆黑的煙霧……

「我明白了，可怕的夢，最後才出現。」

「沒辦法，只能這麼做了。」

「你還好嗎？打擾你睡覺了，真是不好意思。」

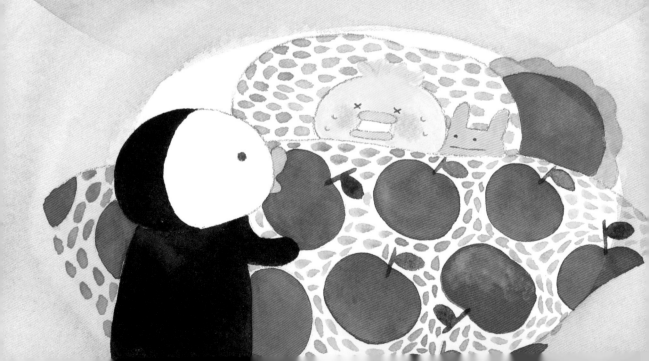

「啊！我果然做了惡夢……」
「沒錯，不過請你看看貘貘。」

「你不僅僅看到可怕的夢，還看見很多有趣的夢喔！」
「咦……」

「所以，你可以安心再睡一覺。
今天我們會留在這裡，
看見可怕的夢也沒關係。
我會再叫醒你。」

第二天一早，盤子上有兩顆糖果完成了。

「你夢見的是
超級大布丁的夢和
變成美人魚的夢。」
「哇！好漂亮！」

「那個……你的夢糖果是怎麼做成的啊？」
「這可是商業機密呢！」

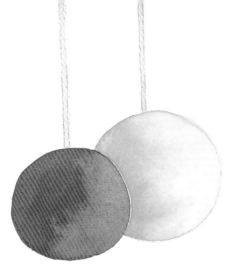

「惡夢的確很容易留在心裡，也會讓人擔心會不會再夢見。
但是除此之外，你還做了許多美妙的夢。
所以，不要害怕，請收下這些糖果作為護身符。」

「那麼，就選這一顆吧……
只要把它掛在床邊，就感覺比較安心了。
另外一顆，我就送給夢銀行，
真是太感謝你們了。」

「謝謝！
如果你又困在惡夢裡，
請再來找我們玩吧！」

「果然，沒看過還真的無法了解，貘貘。」
貘貘好像快走不動了，
所以沒有回答。

睡眠不足的他們倆，
覺得偶爾有這樣的一天也不錯。

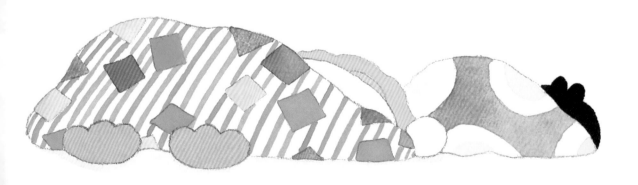

經過了一段時間，
那個孩子沒有再來店裡。

但是有一天，
貝貝在店門口發現了很多餅乾。

歡迎光臨夢銀行，
親愛的客人，今天想要做什麼樣的夢呢？

文‧圖 aki kondo

　　日本著名插畫家、角色設計師。於一九九七年加入文具公司設計室工作，負責「拉拉熊」和「蜜柑小子」等角色的原創商品設計。二○○三年離開公司之後成為一名自由工作者，並持續於「棉花小兔」、「棉被君」等角色設計和作品創作。繪本有《夢銀行》（小魯文化出版）。

譯 劉淑雯

　　臺灣師範大學課程與教學博士，現任南加州師範學院課程總監、臺北市立大學課程與教學所兼任助理教授。專研於兒童文學、繪本教學、性別平等教育等議題，並兩度獲得臺灣學術木鐸獎。譯有《滴答滴，學時間》、《夢銀行》、《身體的界線》（以上為小魯文化出版）。

小魯療癒繪本 16

夢銀行 好夢糖或惡夢糖

文‧圖／aki kondo　譯／劉淑雯
日文版設計／名久井直子

發行人／陳衛平　執行長／沙永玲
出版者／小魯文化事業股份有限公司
地址／106臺北市安居街六號十二樓
電話／(02)27320708　傳真／(02)27327455
E-mail／service@tienwei.com.tw　網址／www.tienwei.com.tw
facebook粉絲頁／小魯粉絲俱樂部、小魯閱讀@香港
美術編輯／蔡宜軒
郵政劃撥／18696791帳號　出版登記證／局版北市業字第543號
定價／新臺幣320元　ISBN／978-626-7177-75-4
初版／西元2022年12月

Yumeginkô Chîsana Okyakusama by aki kondo
© by aki kondo 2021
All rights reserved.
First published in Japan in 2021 by HAKUSENSHA, INC., Tokyo
Traditional Chinese translation rights arranged with HAKUSENSHA, INC.
through Japan Foreign-Rights Centre/Bardon-Chinese Media Agency

夢銀行：好夢糖或惡夢糖 /aki kondo 文.圖；
劉淑雯譯. -- 初版. -- 臺北市：小魯文化事業
股份有限公司, 2022.12
　　面；　公分. --（小魯療癒繪本；AHL016）
ISBN 978-626-7177-75-4(精裝)

861.599　　　　　　111015945

讀友回函卡